兒童文學叢書

・藝術家系列・

思想與歌謠

克利和他的畫

孟昌明／著

三民書局

國家圖書館出版品預行編目資料

思想與歌謠：克利和他的畫 / 孟昌明著.－－二版一
刷.－－臺北市：三民，2011
　　面；　　公分.－－(兒童文學叢書・藝術家系列)

ISBN 978－957－14－3433－9　(精裝)

1.克利(Klee, Paul, 1879－1940)－傳記－通俗作品

859.6

© 思想與歌謠
—— 克利和他的畫

著 作 人	孟昌明
發 行 人	劉振強
著作財產權人	三民書局股份有限公司
發 行 所	三民書局股份有限公司
	地址　臺北市復興北路386號
	電話　(02)25006600
	郵撥帳號　0009998－5
門 市 部	(復北店) 臺北市復興北路386號
	(重南店) 臺北市重慶南路一段61號
出版日期	初版一刷　2001年4月
	二版一刷　2011年11月
編 　 號	S 855781

行政院新聞局登記證局版臺業字第○二○○號

有著作權・不准侵害

ISBN 978-957-14-3433-9 　(精裝)

http://www.sanmin.com.tw　三民網路書店

攜·手·同·行

（主編的話）

　　孩子的童年隨著時光飛逝，我相信許多家長與關心教育的有心人，都和我有一樣的認知：時光一去不復返，藝術欣賞與文學的閱讀嗜好是金錢買不到的資產。藝術陶冶了孩子的欣賞能力，文學則反映了時代與生活的內容，也拓展了視野。有如生活中的陽光和空氣，是滋潤成長的養分。

　　民國 83 年，三民書局董事長劉振強先生，有心於兒童心靈的開拓，並培養兒童對藝術與文學的欣賞，因此不惜成本，規劃出版一系列以孩子為主的讀物，我有幸擔負主編重任，得以先讀為快，並且隨著作者，深入藝術殿堂。第一套全由知名作家撰寫的藝術家系列，於民國 87 年出版後，不僅受到廣大讀者的喜愛，並且還得到行政院新聞局第四屆小太陽獎和文建會年度最佳少年兒童讀物獎。

　　繼第一套藝術家系列：達文西、米開蘭基羅、梵谷、莫內、羅丹、高更……等大師的故事之後，歷時 3 年，第二套藝術家系列，再次編輯成書，呈現給愛書的讀者。與第一套相似，作者全是一時之選，他們不僅熱愛藝術，更關心下一代的成長。以他們專業的知識、流暢的文筆，用充滿童心童趣的心情，細述十位藝術大師的故事，也剖析了他們創作的心路歷程。用深入淺出的筆，牽引著小讀者，輕輕鬆鬆的走入了藝術大師的內在世界。

　　在這一套書中，有大家已經熟悉的文壇才女喻麗清，以她婉約的筆，寫了「拉斐爾」、「米勒」，以及「狄嘉」的故事，每一本都有她用心的布局，使全書充滿令人愛不釋手的魅力；喜愛在石頭上作畫的陳永秀，寫了天真可愛的「盧梭」，使人不禁也感染到盧梭的真誠性格，更忍不住想去多欣賞他的畫作；用功

而勤奮的戴天禾，用感性的筆寫盡了「孟克」的一生，從孟克的童年娓娓道來，讓人好像聽到了孟克在名畫中「吶喊」的聲音，深刻難忘；主修藝術的嚴喆民，則用她專業的美術知識，帶領讀者進入「拉突爾」的世界，一窺「維梅爾」的祕密；學設計的莊惠瑾更把「康丁斯基」的抽象與音樂相連，有如伴隨著音符跳動，引領讀者走入了藝術家的生活裡。

第一次加入為孩子們寫書的大朋友孟昌明，從小就熱愛藝術，困窘的環境使他特別珍惜每一個學習與創作的機會，他筆下的「克利」栩栩如生，彷彿也傳遞著音樂的和鳴；張燕風利用在大陸居住的十年，主修藝術史並收集古董字畫與廣告海報，她所寫的「羅特列克」，像個小巨人一樣令人疼愛，對於心智寬廣而四肢不靈的人，這是一本不可錯過的好書。

讀了這十本包括了義、法、荷、德、俄與挪威等國藝術大師的故事後，也許不會使考試加分，但是可能觸動了你某一根心弦，發現了某一內在的潛能。當世界越來越多元化之後，唯有閱讀，我們才能聽到彼此心弦的振盪與旋律。

讓我們攜手同行，走入閱讀之旅。

簡　宛

本名簡初惠，國立臺灣師範大學畢業，曾任教仁愛國中，後留學美國，先後於康乃爾大學、伊利諾大學修讀文學與兒童文學課程。1976 年遷居北卡州，並於北卡州立大學完成教育碩士學位。

簡宛喜歡孩子，也喜歡旅行，雖然教育是專業，但寫作與閱讀卻是生活重心，手中的筆也不曾放下。除了散文與遊記外，也寫兒童文學，一共出版三十餘本書。曾獲中山文藝散文獎、洪建全兒童文學獎，以及海外華文著述獎。最大的心願是所有的孩子都能健康快樂的成長，並且能享受閱讀之樂。

作·者·的·話

　　德國畫家保羅·克利，小的時候最早是學音樂的，因為繪畫更使他著迷，便選擇了學畫，後來，他成了全世界著名的畫家。每當我在世界各地的博物館、美術館內，看著克利那些詩一般抒情的繪畫作品時，我都會為其作品中的明朗、歡快與純粹所打動。我曾想過，克利的童年一定很幸福，他有屬於自己的小提琴，有樂譜，有顏料，他也一定有很多很好的書。

　　這些，我小的時候都沒有。

　　童年時，全家隨著父親下放到一個小鎮，那兒只有一家書店，店裡張掛著當時流行的政治宣傳畫和一些農業知識、衛生手冊之類的書籍。小時候的我就十分喜歡畫畫，喜歡讀書，沒錢買書，我就和那家書店店員的孩子作朋友，每天和他們結伴上學。我常常去得早一些，當那家的孩子吃早飯的時候，我總是可以走進書店，一本本翻看那些漫畫、繪畫技法和一些俄國的文學作品。一看就是兩年多。這些書只能在等同學時極短的時間看，是不可以拿出店外或是借回家的。

　　這樣的讀書方法，卻也磨鍊了我的記憶力。

　　有一天，同是學畫的同學告訴我，他媽媽的店裡來了五本美國的繪畫技法書（喬治·勃里曼的《人體與繪畫》，當時的中國大陸限制出售美國的圖書，一個店進五本也是內部分配來的），我好想立即買一本，因為我知道那本書的價值，知道人體的結構知識對一個 11 歲的、喜歡畫畫的孩子有多麼重要。

　　然而，我沒錢。

　　當我想方設法，去賣空酒瓶子、舊報紙終於湊夠了買那本書的 4 毛 7 分錢

時，五本書還剩下最後一本。從此，這本書跟隨了我許多年，書中的插圖，我臨摹過不下十遍。當後來我的書架上有了更多更好的書和印得極精美的畫冊後，我還是常常想起那本薄薄的小書，它給我的不光是知識，還有情感……。

成年人大概很難想像一個孩子想要的、自己喜歡的東西的那種心情，包括書。

保羅‧克利是不需要去賣酒瓶子換錢來買書的那一類孩子，他那幸福、明媚的童心自始至終都在他的畫面上呈現，無論他畫的油畫、版畫、素描，還是他寫的詩，都像在一個歌一樣的世界裡自由自在的私語著。

保羅‧克利是 20 世紀現代藝術家中，我十分喜愛的畫家之一。當簡宛女士和喻麗清女士約我寫一本關於克利的書、特別是給孩子們看的書時，我欣然答應，並且努力的加以修改、潤飾，以便更適合兒童的閱讀口味，因為我知道一本好書可以改變一個孩子的世界觀，我寫的不一定算得上是本好書，但克利的畫是實實在在的好畫，不信？那就請看看克利的作品吧。

孟 昌 明

職業畫家，曾在中國、日本、美國等地舉辦過 27 次個人畫展，現居美國舊金山附近。

平日裡風風火火的忙著，一進畫室拿起畫筆便特滿足、平靜。畫畫之餘，喜歡讀書、寫作、寫書法、打陳式太極拳和種地。簡歷簡得沒什麼好寫的，心中常常由衷的覺得：生活美好。

克利

Paul Klee, 1879~1940

藝術不呈現可見的東西，
而是把不可見的東西創造出來。

——保羅·克利

玫瑰園（局部），1920
年，油彩、卡紙，49 ×
42.5cm，德國慕尼黑倫
巴赫市立美術館藏。

保羅・克利，是二十世紀最具天才的畫家之一，他在短短的一生中，畫下了九千多幅不同風格的畫。克利畫油畫、水彩畫、素描，也製作版畫，同時，他又是一個才華洋溢的詩人，一個具有專業水準的小提琴演奏家，一個具有哲學素質的藝術理論家，一個嚴謹的教授，然而，他更像一個在藝術田野上遊戲著的孩子，他寫、

植物劇場，1924～1934 年，油彩、水彩、鋼筆、厚紙，50.2×67.5cm，德國慕尼黑倫巴赫市立美術館藏。

他畫、他拉琴，他是個永遠有著童心的孩子，是個在藝術五彩斑斕的世界裡不斷的「呀」、「呀」私語著好奇的孩子。

黑王子，1927 年，油彩、蛋彩、畫布，33×29cm，德國杜塞爾多夫北萊因—西法倫邦美術館藏。

秋的拜訪，1922 年，水彩、石墨， 24.3×31.4cm，美國紐哈芬耶魯大學藝術畫廊藏。

都說克利的畫，像一個個用音符和旋律組成的樂譜，其實，作為藝術的兩翼，音樂和繪畫的內在聯繫是那麼的緊密，那麼的難以分割。偉大的音樂家莫札特，用他那上天賦予的才情和穎慧，留給我們一個完美的、用音樂的旋律和節奏融合的世界，他的交響樂作品，就像是一幅幅的壁畫；而克利，則是在他那不斷變化的畫面裡，用繪畫的點、線、面，用色彩的黑、白、灰，組成一幅幅音樂性很強的作品。在他的畫中，我們可看出，這位傑出的畫家和莫札特極為相像：色彩在莫札特的音樂裡隨處可見，而音樂性，在克利的繪畫世界裡始終貫穿。

大自然是按美來設計的

一八七九年，初冬的微風吹得山毛櫸樹的枝葉「嘩、嘩」作響，在瑞士莫尼黑布赫湖畔的一個小鎮，音樂教師漢斯的小屋內，傳出了嬰兒的啼哭聲，小克利誕生了。

小克利的爸爸是一個酷愛音樂的德國人，媽媽是瑞士的音樂家。小克利一雙亮亮的眼睛像爸爸，他那厚厚的嘴唇、直直的鼻子像媽媽，同時，他更有這個藝術家庭給他最好的遺傳——對音樂和繪畫的天然興趣。

兩歲時，外祖母送給小克利一份禮物——一盒彩色蠟筆。小克利開心極了，他不停的畫呀、畫呀，天上的星星、樹上的蘋果和水裡的魚，鄰居家的那個有雀斑、常常和小克利分蘋果吃的小女孩，都在克利的畫中出現了。

6

外祖母帶著老花眼鏡，笑咪咪的看小克利畫畫，小克利也會用蠟筆模仿著外祖母做刺繡的圖案，就像是個小畫家。

內省，1919 年，石版畫、水彩，22.2×16cm，瑞士伯恩克利家族收藏。

魚的四周，1926 年，油彩、蛋彩、麻紗、卡紙，46.7
×63.8cm，美國紐約現代美術館藏。

傀儡劇場，1923 年，水彩、粉筆、卡紙，52×37.6cm，
瑞士伯恩保羅・克利中心藏。

有一天，九歲的小克利去他胖舅舅的餐館，他坐在大理石的餐桌上準備吃飯的時候，對著那滿是石紋的桌面出神。他看著、看著，突然放下手中的叉子——那石紋就像一張怪人的臉，有眼睛、耳朵，還有鼻子。小克利顧不得吃飯了，他趕緊找來鉛筆，對著這桌面畫起他的第一幅「寫生」。

　　「這是什麼呀？」胖舅舅笑著問。

　　「這是胖舅舅。」小克利鄭重其事的告訴舅舅，隨手又在「舅舅」的臉上加了鬍子。

　　很多年以後，克利成了著名的畫家，但他還是常常想起胖舅舅，想起大理石桌面上的這張怪人的臉孔，他常常說：「我就是喜歡稀有的。」稀有，需要畫家去尋找、去發現，一個好的畫家，就是要不斷的去發現、去創造那「稀有」的美。

　　克利的爸爸、媽媽常常在一起討論和演奏他們喜歡的音樂作品，作為音樂家，他們非常希望自己的孩子成為音樂家。所以，他們請了一位有名的老師，教克利拉小提琴，還帶克利去聽義大利古典歌劇。當克利在看歌劇時，他總會帶著小本子，上面畫滿了歌劇中的人物，還在本子上寫

塞內西奧，1922 年，油彩、畫布，40.5 × 38cm，瑞士巴賽爾美術館藏。

音樂家，1937年，水彩、畫紙、粉筆漿混合底，27.8 × 20.3cm，瑞士伯恩克利家族收藏。

下了一首首自己的詩。克利的身上，好像有一顆藝術的種子，他的耳邊、他的世界裡，除了音樂的旋律就是繪畫的色彩、線條。

阿爾卑斯山上潔白的積雪、湛藍透明的天空、淡紫色的叢林、似乎懂得人意的白樺林，常常使克利感動——大自然就是按美來設計的！而繪畫，是讓人們進入審美世界的一座橋梁。

十九歲那年，克利越來越覺得繪畫更

使他鍾情，更能讓他把自然之美深切的感受表達出來，克利做出了一個使父母不太願意接受的決定：去慕尼黑或巴黎，去學畫，將來作一個最好的畫家！

自此，克利邁出了他繪畫藝術生涯的第一步。

花的神話，1918年，水彩、粉筆底、襯衫衣料、報紙、卡紙，29×15.8cm，德國漢諾威史布連格美術館藏。

読萬卷書,行萬里路

德國慕尼黑。

這是個有著深厚的文化傳統的城市，它擁有全歐洲聞名的博物館、歌劇院、畫廊、書店和藝術學校，克利在這裡一待就是三年。

克利先在預科學校學習素描，然後又轉去慕尼黑藝術學院，在著名的教授弗朗茲‧史托克的指導下，學習素描、人體結構。克利得到了一系列繪畫技法的系統訓練，他也仔細的思考著一些和藝術相關的問題。在畫人體的同時，他也畫風景和文學作品的插圖，還擠出時間學習雕塑。

克利強烈的感受到慕尼黑現代藝術氣氛的刺激，人們像喜歡黑啤酒一樣喜歡現代藝術。慕尼黑的歌劇院常常上演華格納的歌劇和莫札特的音樂會。克利依然深深的愛著音樂，他幾乎每天清晨，都要拉上

奇幻劇場《航海家》的戰鬥場景，1923 年，水彩，34.5 × 50cm，瑞士巴賽爾美術館藏。

一段小提琴；畫畫的同時，克利也寫下大量關於藝術的日記，其中有許多篇是專門研究音樂和繪畫理論的。他希望通過對音樂、文學等其他方面的藝術門類的研究，來提升自己繪畫的藝術修養。克利很早就明白了一個道理：繪畫不光是描繪客觀的對象，更重要的是，要把不可見的東西創造出來。

甘苦島，1938 年，油彩、紙、麻布，88×176cm，瑞士伯恩保羅‧克利中心藏。

每天畫畫的同時，克利大量的讀書，哲學的、美學的、文學的、音樂的、繪畫的；他讀盧梭、讀歌德、讀托爾斯泰，他的學習和創作，就像蓋一座高樓，而他所讀的書，便是這座高樓的堅實地基。

　　中國古代哲人說過：「讀萬卷書，行萬里路。」這好像也是對克利藝術生涯的一個總結，他不僅是像一個書呆子，只坐在書房裡、教室內用功，克利更注重在自然的懷抱裡，吸收繪畫藝術的養分，他有許多的作品就是在旅途中得到靈感和啟發。

　　第一次去義大利，克利就被那裡的古典主義繪畫藝術深深的感動。在羅馬、在米蘭、在佛羅倫斯，那些輝煌的教堂、偉大的壁畫，那些充滿生命力的雕塑，克利陶醉了，面對義大利文藝復興時期的大師波提且利、達文西和米開蘭基羅的作品，克利就像一個迷途的孩子，走呀、走呀，突然找到母親那樣，他找到了自己藝術的源頭。他深切的感到一股藝術承傳的偉大力量：時間是不能割斷的，現代藝術和古典文化有一個必然的內在關係。

　　面對達文西的作品，克利懷著深深的敬意，他在給一位朋友的信中這樣寫：「所有偉大的藝術成就都是由這個人物派生出

帕納塞斯神壇，1932 年，油彩、蛋彩、畫布，100×126cm，瑞士伯恩美術館藏。

來的。」而波提且利那幅著名的作品〈維納斯的誕生〉，也讓克利十分喜愛，他說：「這是文藝復興中，最簡潔、最完美的畫面。」

波提且利，維納斯的誕生，約 1480 年，蛋彩、畫布，172.5 × 278.5cm，義大利佛羅倫斯烏菲茲美術館藏。

波提且利是義大利文藝復興時代的優秀畫家，他以優美的裝飾風格、豐富的想像力，在文藝復興的義大利畫壇上獨樹一幟，他的繪畫風格曾使克利由衷的讚美。〈維納斯的誕生〉和〈春〉同為其代表作。

在非洲的撒哈拉沙漠上，有一個對克利的作品起過重要作用的地方——突尼斯，那兒的太陽似乎十分的有色彩。

克利在突尼斯的海邊，用水彩起勁的畫著，那豐富多彩的異國情調、神祕的宗教信仰、阿拉伯式的建築，和熱帶珍奇的植物，打動了克利，克利暫時忘記了城市機械的生活，畫得十分忘情。他忘記了課堂上的理論，還有規範的限制，讓手裡的畫筆跟著眼睛、隨著心靈，在畫面上自由的流淌著。

克利的作品中，有許多抽象的繪畫，這和他在突尼斯的旅行有很大關係。

1915 250 Der Niesen

金字塔山，1915 年，水彩、厚紙，17.7×26cm，瑞士伯恩美術館藏。

這是克利早期畫於突尼斯的作品，畫面輕鬆活潑，充滿異鄉情調。

當時歐洲的藝術中心巴黎，也是一個讓克利多次流連忘返的地方，他在塞納河畔漫步，在羅浮宮內思索，克利帶著幾個麵包、一壺水，在印象派畫家的作品前，常常一站就是幾個小時。梵谷筆下的法國南部熱辣辣的太陽，那火一樣的向日葵；高更那神祕的大溪地，那鬼火般閃耀的橘黃，那冷冷的、孤獨的群青；塞尚一遍遍畫著的靜物，一遍遍畫著的聖維多里山，讓克利慢慢的明白一個藝術創作的道理：一個優秀的畫家要對大自然動情，要用心靈去和大自然對話，用眼睛去發現大自然深處的美學境界。

　　克利在行萬里路的過程裡，逐步的建造了自己藝術的里程碑。

東方花園，1937 年，粉彩、棉布， 36 × 28cm，美國紐約私人收藏。

在包浩斯

一九二○年十一月二十五日，德國著名的包浩斯藝術學院，聘請克利為包浩斯的教授。包浩斯是一個剛成立不久的藝術學院，它擁有一大批年輕的、有思想的藝術家和教授，如抽象繪畫大師康丁斯基、費寧格等人，並以傳播現代藝術思想而聞名整個歐洲。在包浩斯的十年，克利揭開了個人藝術創作輝煌的一幕。

克利在包浩斯，過著一個藝術家真正的、自由的、歡快的生活，在這裡，沒有世俗逢迎的俗套，克利全心的投入了他的創作。在包浩斯藝術學院，他既是教授也是學生，他參加很多藝術家的聚會，常常靜靜的坐著，含著大煙斗，瞪著那雙明亮的眼睛，仔細的聆聽著朋友們關於藝術的高談闊論。克利不是那種光以技巧取勝的畫家，他對繪畫理論和哲學的探討，十分

吾傑恩近郊的公園，1938年，油彩、紙、麻布，100×70cm，瑞士伯恩保羅・克利中心藏。

重視，他花了很多時間去研究希臘悲劇、印度文學和現代哲學思潮，他的好朋友、俄國人康丁斯基，常常和克利因為不同的看法而爭得面紅耳赤。

那時，康丁斯基正在寫一本著名的、後來成為現代藝術理論經典的著作《點線面》，克利也同時在寫《教學筆記》，他們既是競爭者，又是好朋友。

在包浩斯時，克利把每日晨間散步，當成觀察自然的機會，在鳥語花香、樹木蔥鬱的氣氛裡，捕捉大自然瞬間的美感，並把它們記錄下來，變成自己繪畫中的色彩、線條、音韻和詩一般的境界。

克利有一間極大的畫室，大畫室裡擺著十幾個大畫架，每個畫架上，都放著克利已完成的或正畫著的、顏色還沒有完全乾透的作品；地板上到處都是顏料罐子、調色油、水彩盒子和大大小小的畫筆；畫架旁，放著克利在外邊隨手撿來的各種各樣的貝殼，造形奇特的樹根、石頭；從突

高架橋的革命，1937年，油彩、畫布，60×50cm，德國漢堡國家美術館藏。

26

尼斯帶回來的面具也掛在牆上，牆角擺著一架舊舊的留聲機，經常放著克利心愛的曲子──莫札特和巴哈的作品。克利穿著一件寬大的、沾滿顏料的工作服，在畫布之間踱來踱去，他幾乎是不停的畫著，他那把黑黑的鬍子，常常沾上紅紅綠綠的顏色。

望月，1918 年，油彩、紙板，49 × 37cm，德國慕尼黑史丹格畫廊藏。

克利試著用各種不同的方法來畫，油畫、水彩、玻璃畫、拼貼，藍天、白雲、綠樹、紅土、黃沙漠、銀色的魚、金色的太陽，外祖母講的童話、哼的兒歌，胖舅舅餐館那張大理石桌面的紋樣，幾乎什麼都可以進入克利的畫面。他的畫，有寫實的、半抽象的，也有完全抽象的，有的畫面就是由一些符號、點和線組成。

計畫，1938年，漿糊顏料、報紙、麻布，75×112cm，瑞士伯恩保羅‧克利中心藏。

克利的作品有很多的表現手法，他在技法和材料上都不墨守成規。

在繪畫創作之中，克利明白了一個道理：「不變形的繪畫，不是藝術！」因為，畫家不是個沒有情感的照相機，畫家的任務不是去描摹自然，而是去創造一個畫家主觀的「人造自然」。因此，克利冷靜的思考著，夜深人靜時，他會對頭頂上那一片星空發呆：人們沒有真正的認識宇宙的奧祕，對藝術的認知，也是十分有限的，那些不可知的世界是多麼神祕和寬廣！藝術家就是發現這些未知的探險家！對於燦爛的星空而言，繪畫不正是一個小宇宙嗎？

宇宙的構成，1919年，油彩、畫板，48×41cm，德國杜塞爾多夫北萊因—西法倫邦美術館藏。

克利一直對宇宙有濃厚的興趣，並努力的在對宇宙奧祕的思考中，尋找和自己繪畫的內在關係。

那色彩、線條、塊面、結構的組合變化，有起伏，有節奏，有情感，有喜怒哀樂——藝術和宇宙的真諦是一樣的，人類的生活和藝術只不過是宇宙一例而已。

在克利的繪畫中，也有很多是關於宇宙的題材，這和克利在包浩斯的理論思考有很大的關係。正是包浩斯的學術環境，多才多藝的畫友、同事和包浩斯的辦學方針，讓克利在這裡完成了理論上的提升，使他認識到：藝術是一種科學——將詩融合在數學化的種種規則中。

在包浩斯教學和創作的同時，克利有機會接觸到一大批活躍在西方現代藝術舞臺上的畫家，他由衷的喜愛畢卡索，喜歡這位出身於西班牙的畫家作品中那過人的創造力；也喜歡法國畫家馬諦斯的優雅與抒情的作品。克利虛心的向同時代的畫家學習，並盡可能的拓寬自己的眼界，去尋找自己的藝術養分。

包浩斯就像一把梯子，使克利在自己的藝術世界裡更上層樓，從一個浪漫主義畫家，真正成長為一個學者型的偉大藝術家。

記載各種城鎮的書中一頁，1928 年，油彩、紙，42.5 × 31.5cm，瑞士巴賽爾美術館藏。

克利有著詩人的素質，他的作品透出一股濃郁的抒情因素。這幅作品有一種詩化的唯美因素，把人們帶入一個思鄉的情境。

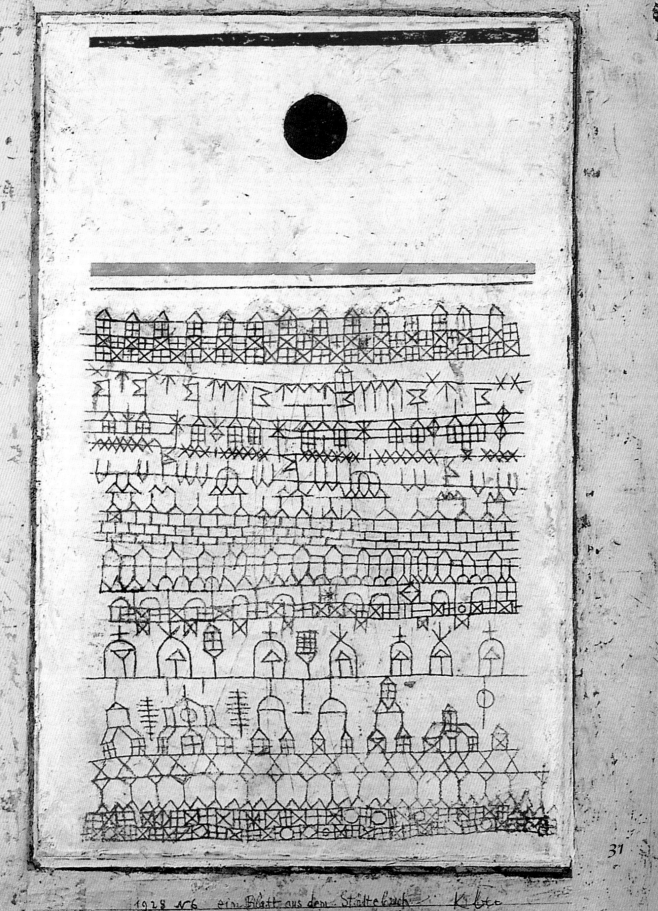

1928 N6   ein Blatt aus dem Städtebuch   Klee

31

金魚，1925 年，水彩、油彩、紙、卡紙，49.6 × 69.2cm，德國漢堡國家美術館藏。

這是克利的一張重要的作品，也是德國國家美術館收藏的最早的一幅作品，從此以後，
整個西方的藝術界才對克利刮目相看。

克利參加了當時許多重要的繪畫展覽，也舉辦過個展，其中有兩個展覽十分重要，一個是一九二三年在德國柏林的展覽，另一個是一九二四年在美國紐約，這兩個展覽都給克利帶來了很高的藝術聲譽。

由於克利是個年輕的畫家，當時，官方的博物館對收藏克利的藝術作品還猶豫不決，倒是一批私人收藏家，購買了一大批克利的作品，一直到一九二五年，德國的國家美術館收藏了克利的繪畫作品〈金魚〉，整個歐洲畫壇才猛然醒過來，歐洲藝術界才真正的開始注意克利和他的畫。

思想與歌—克利的畫

　　一件好的藝術作品，應該是思想和情感的結晶。

　　克利的繪畫藝術，就是理性與感情完美結合的典範。他的畫，就像一首首動人的歌，深深的情感，使克利的作品看起來生機勃勃；同時，他的畫中，又有一種深刻的思想性、哲理性，使他的作品有一種嚴肅的、學術上的深度。

　　有一位西方的藝術評論家評論克利的作品：「是我們這個時代，最重要的藝術奇蹟。」克利的繪畫作品是用不同的方法，來表達自己對人生、藝術、社會和自然的思索，由於他有良好的藝術修養和訓練，克利的表現方法也十分廣泛。但無論是用什麼方法，克利都講求畫面的純潔與精到，他懂得取捨——將不重要的東西忽略，用明朗、簡潔、歡快的節奏將藝術深沉的美

雙重，1940 年，漿糊顏料、卡紙，52.4 × 34.6cm，瑞士伯恩保羅‧克利中心藏。

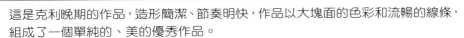

這是克利晚期的作品，造形簡潔、節奏明快，作品以大塊面的色彩和流暢的線條，
組成了一個單純的、美的優秀作品。

表達出來。克利說:「大自然太過於多嘴多舌，藝術家必須懂得節約。」

克利懂得節約，他把那熱情洋溢的義大利西西里島，形容為「在抽象概念中最純粹的風景」，在克利的畫中，西西里島單純得只剩下「一片陽光，除了陽光，一切都是那麼的靜寂……」

在克利的畫裡，色彩是有生命、有感情的。

克利在色彩單純的意境中，發現豐富的變化，〈節奏性的樹和風景〉就是一件單純而又豐富的作品。

這幅畫的畫面十分簡單，土黃色的底色上，勾出十幾根平行的線，在線和線之間，不規則的點些小樹，紅的、藍的、黃的，也許看不出它們是柏樹、橡樹或是其他什麼樹，但它們是克利心中的樹，這些樹看起來似乎沒有意義，可是在畫面上它們各負其責，是整個作品中不可缺少的部分。在構圖上，克利好像是漫不經心的，其實它們精確之極，就好像五線譜上的音符，和諧得無法移動任何一棵樹的位置。

節奏性的樹和風景，1920 年，油彩、紙板，47.5×9.5cm，英國倫敦馬爾波羅美術公司。

這是一幅音樂性很強的作品，整個畫面看起來，就好像是一部小樂章，樹就像是一個個音符。

37

克利的線描，在他的繪畫作品中也占有很大的比例，他的線條，看起來就像東方人的書法一樣，準確、流暢、優美和熱情洋溢。〈演員面具〉在一個很簡單的畫面上，一張臉孔，從頭髮到眼睛、嘴巴，克利充分的利用了線條的疏密、節奏和起伏，人們不會去注意這張臉孔是誰，是演員還是面具，而線條給了欣賞者很深的印象。他另外幾幅以線為主的作品，如〈創造者〉、〈美麗的園丁〉等，線條都在畫面中起了重要的作用，缺一不可。

鼓手，1940 年，漿糊顏料、手製紙、卡紙，34.6×21.2cm，瑞士伯恩保羅·克利中心藏。

演員面具，1924 年，油彩、畫布，36.7 × 33.8cm，美國紐約現代美術館藏。

這是克利的一幅以線條為主的油彩作品，在造形上多多少少受到非洲藝術的影響，克利像其他許多優秀的藝術家一樣，十分注意從各種不同的文化藝術形式中，吸取自己的藝術養分。

創造者，1934 年，油彩、畫布，42 × 53.5cm，瑞士伯恩保羅・克利中心藏。

克利對線條的運用和把握十分講究，而且得心應手，他的線條就像東方人的
書法，準確、流暢，生機勃勃。這幅作品，是克利以線條為造形手段的重要
作品。

美麗的園丁，1939 年，油彩、蛋彩、麻布，95×71cm，瑞士伯恩保羅・克利中心藏。

無論是色彩還是線描，克利都十分尊重現代藝術的規律。

　　現代繪畫不只是「看圖識字」，它們有自身的美學價值，克利的畫，很少有故事性的情節 —— 這是現代藝術一個重要的標誌，繪畫只有離開文學作品的限制和解讀，繪畫才可以有繪畫自己的美學面貌，才能有它獨自的魅力，才能將它自身的藝術規律展示出來。

　　由於克利少年時代良好的音樂教育，音樂性也是他作品中的重要因素。因為，音樂一直是克利生命中最熟悉的部分，他的許多畫，就像一段旋律或一部交響樂，他甚至用音樂來作自己繪畫作品的題目，如〈紅色賦格曲〉、〈魔笛〉、〈牧歌〉等等，克利那出眾的音樂才華，在他的畫中自由的流淌著。他的畫有時像獨奏，有時像合奏，有人將克利和克利的畫，比做一個作曲家作曲，是一個個音符的記錄，一個個主題的發展，故事性、像什麼或是不像什麼，已經不是克利所關心的藝術問題。

　　克利的繪畫世界就像一個科學實踐，既充滿了未知，也包容了無限的可能，它們像歌一般的抒情，像詩一般的洗鍊，像

牧歌，1927 年，蛋彩、畫布，69.3×52.4cm，美國紐約現代美術館藏。

克利用線條作為必須方法，在單純中體現豐富，同時，克利經常用音樂或是
歌曲的題目作為他作品的題目，此幅便是一個例子。

岩石上的花，1940 年，油彩、蛋彩、麻布，90.7 × 70.5cm，瑞士伯恩美術館藏。

44

數學公式一般的精確，像哲學命題一般的嚴格，但它們更是活生生的畫，是最好的畫！它們是克利思想和感情相結合的完美產物，同時，它們也都沒有脫離繪畫審美的特性，無論克利的繪畫風格如何千變萬化，一個優秀的人的品質、一個優秀的藝術家的品質，始終在克利的繪畫世界中溫和的呈現。

克利告別我們很久了，但我們不會覺得他陌生，不會覺得他的畫陌生，因為，只要是真正發自心靈的作品，就會是永遠活著的作品，只要是藝術家用自己的藝術直覺與良知，用自己的真誠與關愛來創作的作品，便一定是會引起共鳴的作品。

克利的畫就是，發自心靈的、永遠活著的作品。

漩渦之花，1926 年，水彩、鋼筆、畫布，41.5×31cm，瑞士私人收藏。

最後的靜物，1940 年，油彩、畫布，100×80.5cm，瑞士伯恩克利家族收藏。

俘虜（遺作），1940 年，油彩、麻布，48×44cm，美國紐約私人收藏。

在這幅作品中，克利以一種寫意的表現手法，來表達內心深處的某種情緒，
既有對死亡的恐懼，也有對生命本身的留戀。

克利小檔案

1879 年	12 月 18 日，出生於瑞士。
1886 年	讀小學。
1888 年	在舅舅的餐館，畫出第一幅寫生。
1898 年	去德國慕尼黑學畫。
1901 年	漫遊義大利。
1914 年	漫遊突尼斯。
1920 年	在包浩斯藝術學院執教。
1922 年	和著名抽象畫家康丁斯基相識。
1923 年	畫展在德國柏林舉行。
1924 年	畫展在美國紐約舉行。
1925 年	作品〈金魚〉為德國國家美術館收藏。
1940 年	6 月 29 日病逝，享年 61 歲。

藝術的風華・文字的靈動

兒童文學叢書・藝術家系列

榮獲行政院新聞局
2002年兒童及少年圖書類金鼎獎
第四屆人文類小太陽獎

~ 帶領孩子親近二十位藝術巨匠的心靈點滴 ~

喬托	達文西	米開蘭基羅	拉斐爾	拉突爾
林布蘭	維梅爾	米勒	狄嘉	塞尚
羅丹	莫內	盧梭	高更	梵谷
孟克	羅特列克	康丁斯基	蒙德里安	克利